인생꽃 피는 뜨락에

인생꽃 피는 뜨락에

2024년 6월 30일 초판 1쇄 인쇄 발행

지 은 이 ㅣ 박연
펴 낸 이 ㅣ 박종래
펴 낸 곳 ㅣ 도서출판 명성서림

등록번호 ㅣ 301-2014-013
주   소 ㅣ 04625 서울시 중구 필동로 6 (2, 3층)
대표전화 ㅣ 02)2277-2800
팩   스 ㅣ 02)2277-8945
이 메 일 ㅣ ms8944@chol.com

값 14,000원
ISBN 979-11-94200-06-2

인생꽃 피는 뜨락에

박 연 시집

도서
출판 **명성서림**

◆ 시인의 말

- 시는 영혼의 꽃이 승화한 고귀한 열매입니다.
- 시인은 시대를 뛰어넘어 사명감을 지닌 예술인입니다.

매화는 기나긴 추운 겨울을 이겨내고 봄의 전령사가 되어 향기로운 꽃을 피웁니다. 난은 오랜 기다림 후에 은은한 향기를 자아내는 꽃을 피워 수많은 사람들의 사랑을 받습니다. 그 무엇과도 견줄 수 없는 믿음의 꽃은 그분의 은혜로 갖은 고난을 이겨낸 후 삶의 뜨락에 풍성한 열매를 맺습니다.

초등학교 시절에 백일장에서 수상한 기쁨은 아련하고, 문학 소녀 시절은 고뇌와 방황으로 보낸 시간들은 아쉽고 그립습니다. 현대인으로 작은 행복을 찾으며 살아오면서 고달프고 가슴 아픈 순간들은 너무 안타까웠습니다.

성경, 문학, 역사, 철학, 심리, 전기 등 양서를 틈내어 꾸준히 읽으며 산을 벗하고 바다를 찾았습니다. 문학지와 신문에 조금씩 발표해오면서 한국크리스천문학으로 등단한 지 10여 년이 지난 지금, 이제 나의 문학 뜨락에 시꽃들이 소담하게 열매를 맺어 첫 시집을 묶습니다.

저의 대부분의 시는 거의 쉽게 완성되지 않았습니다. 고군분투孤軍奮鬪하는 마음으로 틈틈이 메모하고, 때때로 밤늦게 새벽에 깨어있기도 하고 밤을 지새운 날도 있었으며 휴가 때 정리하여 완성된 작품들입니다. 또한 시집에 실린 꽃 사진들은 꽃을 무척 사랑하기에 꾸준히 사진 촬영을 통해 모은 작품들입니다.

가화만사성家和萬事成! 그동안 시를 써오면서 적지 않은 어려움이 뒤따랐지만 하나님의 크신 은혜로 화목한 가정이 있었기에 가능했습니다. 나의 사랑의 정원에 꽃이 곱게 피고 풍성한 시의 열매를 맺어 매우 기쁩니다.

첫 시집을 출간할 수 있도록 우선 큰 축복 내려주신 하나님께 감사와 영광을 돌리고, 늘 가까이서 힘이 되어준 사랑하는 가족들에게 감사드립니다. 한국문학계의 거성이신 전 국제PEN한국본부 이사장, 한국현대시인협회 이사장을 역임하시고, 현재 국제PEN한국본부 명예이사장, 문학평론가이신 존경하는 손해일 문학박사님께 깊은 감사의 말씀을 드립니다. 오랜 동안 버팀목이 되어준 광화문사랑방시낭송회 모든 회원들께 감사의 말씀을 전합니다. 끝으로 첫 시집이 곱고 아름답게 출판될 수 있도록 정성을 다해주신 도서출판 명성서림 박종래 대표님과 직원들에게 감사드립니다.

2024년 여름에
박 연

차 례

1부 꽃들의 합창

희망나무	10
삶의 향기	11
말씀의 향기	12
연꽃 · 1	13
연꽃 · 2	15
가끔은	16
꽃들의 합창	17
장미의 계절	19
첫 수업	20
고향 찬가	21
거울 앞에서	22
인생의 무게	23
고독의 늪	24
세탁을 하며	25
마음 · 1	26
마음 · 2	27
지하철에서	28
선물	29
한 여성	31
섣달 그믐날에	32

2부 그리움의 강

그리움의 강	34
그리움 속에 외로움이	35
사랑의 향기	37
사랑이시여	38
사랑의 길	39
나의 사랑은	41
사랑하는 사람은	42
세계인은	44
어머니 · 1	45
어머니 · 2	47
아버지의 유언	48
내 곁에 언니는	49
나의 스승님	50
나의 집	51
나의 벗이여	52

3부 화목나무

초대장 54

축복의 서막 55

화목나무 56

해바라기 인생 57

감사 지수 58

하늘 행복지수 59

화이트 크리스마스 61

거룩한 휴가 62

그분만이 63

용서의 숲 65

고난의 꽃 66

신품 인생 68

행복꽃 69

사랑의 정원 71

고백 72

사랑은 파도처럼 73

혼자 있어 보라 74

4부 한산도 충무사

정동진 해돋이 76

도산 공원 77

새해 눈길을 걸으며 78

한산도 충무사 79

잠실 한강공원에서 80

봄날 아침 81

양재천의 사계 82

봄나들이 85

복숭아꽃 피면 87

선정릉의 봄꽃 88

분꽃 향기 89

봄비 · 1 90

봄비 · 2 91

가을 아침에 92

가을 편지 93

테헤란로를 걸으며 94

늦가을은 97

도시 공원의 아침 99

푸른 바다는 100

5부 설악산 비선대

대모산, 구룡산의 봄   102

북한산 진달래 능선   105

매봉산의 아침   106

북한산의 황혼   107

불곡산을 오르며   109

산중 독서   110

설악산 비선대   111

월출산에서   113

북한산의 가을   114

태백산 천제단   115

남한산성의 겨울   116

겨울 산행   117

도봉산 하산길   118

청산에 간다   119

평 설   121

1부

꽃들의 합창

희망나무

새해 시작 백일을 맞아
떠나보낸 나날들을 되새겨본다
희망의 씨앗 뿌린 나날
새록새록 떠오른다

희망나무가
잘 자란 것도 있고
시들은 것도 있고
이미 죽은 것도 있다

내년 또 한 해가 찾아오겠지만
올 한 해가
내겐 너무 소중하다

앞으로 다가올 미래에
희망나무를 더 잘 가꿔보자

삶의 향기

꽃길을 돌아오니
온종일
꽃향기 집안에 가득하네

농장에서 돌아오니
발길마다
감도는 진한 흙내음

성현의 귀한 말씀
마음에 담았더니
책 향기 어딜 가도 떠나지 않네

내가 머문 자리는
무슨 향으로 남을까

말씀의 향기

인생길 뒤돌아보며
소중한 사람들이 내게 전한
귀한 말씀 떠올린다

나의 삶을 살찌우고
뼈를 자라게 한 말씀들
지금도 생생하다

드높은 가을 하늘엔
말씀의 꽃이 피어
자연의 향기 전해온다

맑고 고운 말씀의 향기
내 마음에 가득 담았다가
사랑하는 이웃에게
조금씩 나눠주고 싶다

연꽃 · 1

진흙 속에
집을 짓고 살아도
절개로 사는 의지

하늘빛 파란 마음
복주머니 받쳐 들고
기도하는 손

많은 열매 맺기보다
좋은 열매 거두려네

풀잎 넓은 바탕
마음 집 비운 자리
채워지는 향기

연꽃 · 2

- *전남 무안 회산 백련지에서

연못에 수많은 연꽃들
하늘 향해 웃고 있다.

장대비 쉼 없이
넓은 연잎에
고였다 쏟아지곤 한다

많은 빗물이 쏟아져도
연잎이 담는 양은 매우 적다

내리는 빗물
인생의 무게요
연잎에 고인 물
하늘 보화 같다

푸른 연잎처럼
하늘의 귀한 것만
마음에 담고 살고 싶다

* 전남 무안 회산 백련지 : 전라남도 무안군 일로읍 복용리 회산마을에
있는 연못으로 동양 최대 백련 자생지이다.

가끔은

가끔은 밤늦게까지
아니 밤새도록
혼자 깨어있고 싶다

블랙 커피 마시며
비발디의 사계 들으며
마음을 가다듬고 싶다

행복했던 시간들이 떠오른다
가슴 아팠던 일들
모두 뇌리에서 지우고
마음을 다진다

내일을 기다리며
인생의 유한성 확인한다
가끔은 밤을 벗하며
인생을 찬미하고 싶다

꽃들의 합창

태양이 떠오르기 시작하면
꿈나무들의 새벽 기도로
축복의 하루를 연다

아침 이슬 영롱한 빛으로
첫 교실 내딛어
기쁨과 슬픔의 고개 넘어
걸어온 외길

평지나 언덕이나
황토밭이나 돌밭이나
바람과 눈비를 무릅쓰고
푯대를 향해 쉼 없이 달려간다

삶의 지혜를 터득하는
사랑과 꿈의 배움터
꽃들의 합창이 울려 퍼진다

장미의 계절

지성미 넘치는 중년 여성이
우윳빛 사랑으로
포동포동한 아기를 안고 있다

풍요함과 잔잔한 행복이
깃들어 있다
가슴이 뛴다

아름다운 장미꽃밭에
눈길이 머물면
시간도 멈춘다

노을빛 황홀한 저녁
서서히 찾아들면
장미의 계절에 사랑이 영근다

첫 수업

희망의 별빛 교실에
*피그말리온 새싹들이
올망졸망 기다린다

초롱초롱한 눈망울들
지고지순한 감성
봄빛도 기웃대는 교실

기대와 설렘은
고무풍선처럼
하늘로 떠오른다

영롱한 꿈
푸른 마음
서로 다짐하는 첫 수업

* 피그말리온 효과: 교육심리학에서 심리적 행동의 하나로 교사의 기대에
따라 학습자의 성적이 향상되는 것을 말함.

고향 찬가

새해 첫날 아침
그리운 고향의 밑그림을
다시 채색한다

질곡의 세월
인심을 퇴색시켜도
변함없는 고향 사랑
유유히 시냇물로 흐른다

아이가 어른이 되어
소식을 띄운다

오늘도 까치들은
키 큰 버드나무에서
고향을 찬미할 것이다

거울 앞에서

엄숙해진다
네 앞에 서면
일탈된 모습에서
밀려오는 슬픔

냉정한 순간이다
감출 수도 없다
숨을 수도 없다
변명할 수도 없다

시간으로부터 탈출하여
원초의 모습으로 복귀한다
무심의 등불 켜고
하늘의 시간을 본다

인생의 무게

내 인생은 무겁고
남의 인생은 가볍다고
가끔 느껴질 때가 있다

그러나 누구의 인생인들
가벼울 수 있으랴
어느 인생인들
쉬울 수 있을까

철없는 아이도
고달픈 어른도
연약한 노인도
모두 버거운 인생이다

서로 이해하고 사랑하며
서로 의지하면
무거운 짐이
훨씬 가벼워질 것이다

고독의 늪

슬픔이 가라앉고
심장도 쉬는 한밤중
산성비가 후드득 후드득
나뭇잎을 내리치고 있다

밤비가 뒷걸음치면
기습하듯 밀려오는
*오호츠크해의 고독

죽음의 시간
푸드덕 푸드덕 날개치지만
인연의 끈 놓으면
고독의 늪으로부터
탈출하는 것인가

* 오호츠크해 : 아시아 대륙 북태평양 부속해에 딸린 바다로 면적은
1,583제곱킬로미터이다.

세탁을 하며

봄날 아침
옷들을 세탁한다
세탁기 소음에
찻잔이 흔들린다

덕지덕지 붙어 있던
오욕(五慾)의 때
거품 속에서 사그라진다

건조대에 투명한 옷들
성스러운 아침 햇살에
자유의 문을 두드린다

창공을 오르는
한 마리 파랑새
우주에 도전한다

마음 · 1

상처받는 일 있어도
마음에 담지 말자
그 순간 심각해도
지나면 아무것도 아니다

기쁜 일 있으면
마음껏 기뻐하자
그것도 잠시 머물다 간다

세상 일 순리대로 이해하자
지나면 싱겁고 부질없다
매사 집착하는 것 어리석다

소유한 것도 내 것은
아무 것도 없는 것이다
버리고 버려야
마음의 부자가 된다

마음 · 2

사랑의 마음
가득히 담고 싶네
그러나 잠시도 어렵네

세상은 작은 마음의 그릇에
어느새 잡동사니로 채우네
버리고 버려도 소용이 없네

사랑의 마음
늘 향유할 수 없어도
순간순간만이라도
모든 것 비우고 싶네

지하철에서

지하철은
달리는 독서실
안온함을 선사한다.

불청객은 뒷걸음친다
시간이 지혜를 키우고
정보의 바다에
고뇌의 배가 뜬다

참 삶이 영그는 시간
절망이 희망이 됨을
깨닫게 해주는
달리는 독서실

선물

고운 포장지 속에
다정한 친구 모습 어린다
붉은 장밋빛 고운 마음
화안히 빛난다
잠시 나는
우주 비행사가 된다

한 여성

불현듯이 나타난 한 여성
산소같은 매력에
잠시 넋을 놓는다

감동을 간직하기 위해
숨소리마저 죽인다
파문은 수그러들지 않는다

말없는 몸짓으로
나의 행복을 빌며
유유히 떠나는 뒷모습을
기억의 사진첩에 담는다

섣달 그믐날에

함박눈 내리는 소리
좁은 창문으로
사뿐히 찾아든다

천상의 꽃들이
온 마을 채색하면
밀려오는 화평

섣달 그믐날에
은혜의 열매를
눈 감고 헤아려본다

창 밖에는
새해 선물을 예비하듯
함박눈이 소복소복 쌓이고 있다

2부

그리움의 강

그리움의 강

다시 이 봄에도 피어난다
큰 뜻 남기고 떠난
임의 향기

애절한 마음
봄눈 녹듯 사라져도
가슴 깊이 남아있는 그리움

인고의 세월에
소담한 인생 꽃 가득 피우고
풍성한 열매 맺은 사연들

임이 떠난 자리
가장 화사한 춘삼월에
그리움의 강이 흐른다

그리움 속에 외로움이

그리움 속에 외로움이
기쁨 속에 슬픔이
행복 속에 불행이
숨 쉬고 있다

인생 뜨락에
혼자라는 말은 없다
사랑의 그림을 함께
그리면서 살아가는 것

가슴 속에 묻어 둔
사랑을 잊어버리고
어리석게도 끊임없이
사랑을 찾아 나서지만

사랑은 사랑을 위해서 존재할 뿐
사랑의 집을 떠나지 않는다
행복은 행복을 위해 존재할 뿐
행복의 집을 떠나지 않는다

사랑의 향기

그대 향한 그리움이
싹트기 시작했네
그 마음 가슴 깊이 간직하고 싶네

사랑의 싹이 자라
아름다운 꽃이 피어도
고이 감추어두고 싶네

꽃향기 그대 숨결에 닿게 되면
그때 들켜도 늦지 않으리
내 마음 아실 때까지 침묵 지키리

사랑의 열매 무르익으면
그대와 단둘이
영롱한 축배를 올리리

사랑이시여

사랑이시여
화사한 꽃길을
사뿐히 걸어오소서

사랑이시여
비 개인 날
아침 봄 햇살처럼
고요히 찾아오소서

사랑이시여
느리게 오셔서
깊이 젖어드소서

사랑의 밀어를
달콤하게 속삭여 주소서
준비된 시간에 찾아주소서

사랑의 길

사랑은 내 가슴에
고요히 찾아든다

때로는 마음 한 구석에
때로는 가득히

빈 마음에 찾아들어
황폐함을 꽃피우는
온유함과 자애로움
그 자태가 아름답다

사랑은 살아있는 꽃향나무
우리 가운데 머물러
영원히 향기 피워라

나의 사랑은

나의 사랑은
이별이 없습니다
어디에 있든지
아름답게 피어 있습니다

솔바람 부는 날
고요한 오솔길에서
사랑을 확인합니다

모진 세월의 강도
사랑을 절대로
빼앗아 가지 못합니다

나의 사랑은
이별이 없습니다

사랑하는 사람은

사랑하는 사람은
참으로 행복합니다
그는 마음이 즐겁고
모든 일에 적극적입니다.

사랑할 수 있는 사람은
마음이 늘 평화롭습니다.
그는 언제나 자신이 있고
활기가 넘칩니다

사랑하고 있는 사람은
내일을 준비하기에 바쁩니다
그는 사랑에 필요한 것을 찾고
사랑법을 익힙니다

사랑하는 기쁨이
사랑받는 기쁨보다
더 빛나며
타인을 사랑하는 것은
자신을 사랑하는 것입니다

서로 사랑하는 것보다
더 아름다운 것은
이 우주에 존재하지 않습니다
사랑하는 일은
가장 큰 행운입니다

사랑나무를
정성껏 가꾸면
사랑의 꽃은
영원히 시들지 않습니다

세계인은

얼굴, 생각, 마음은 달라도
사랑 안에
세계인은 하나

위대한 그분 앞에
우리 모두 하나 될 때
위대한 음악이 탄생한다

그분 앞에서
나를 버리고
그분을 위해
마음을 비워야 한다

세계인은 모든 벽 넘어
뜨겁게 사랑해야하는
그분의 형제와 자매

어머니 · 1

소녀 적 핑크빛 꿈
이루지 못해 애달프셔라

청춘을 다 태워
사랑 나무 가꾸시니
붉은 열매 곱게 맺었네

모진 세파에
등 굽고
잔주름 늘고 굵어져도
아직도 얼굴 고우셔라

어머니 웃음은 늘어가고
한숨은 멈추어라

어머니 · 2

인생의 봄에
따스한 햇볕이요
한여름에 큰 나무 그늘이요
가을에 기쁨나무요
한겨울에 온풍기 같으신 분

큰 산에 우거진 숲 되어
고난 중에도
끝까지 함께 하시는 분

인생의 가뭄에
푸른 강물이 되어 주시는
어머니의 큰 사랑

평생 일에 파묻혀 사셔도
그분께 늘 의지하고
작은 것에도 행복을 느끼시며
감사의 꽃을 피우신다

아버지의 유언

세월은 흘러
아버지 하늘나라 가신 지
어언 수십 년

생전에 남기신
뜻깊은 말씀들
오늘도 기억에 생생합니다

용기가 없어
유언대로 살지 못한
불효한 딸 자식
용서를 빕니다

나이 들수록
그리움만 뼈에 사무쳐오고
안타까움만 깊어갑니다

내 곁에 언니는

내 곁에 언니와 나는
희로애락을 함께 하며
도타운 정 쌓아왔다

어릴 적 철없이
주고받은 얼룩진 상처들
사랑으로 깨끗이 지워버렸다

언니는 세상 풍파에도
꿋꿋이 살아가며
웃음을 잃지 않는다

지금은 이해의 숲 무성하고
아름다운 우애의 꽃 피어난다
세상에 모든 언니들은
사랑의 대명사이다

나의 스승님

나의 스승님은
거의 말씀이 없으십니다

지금까지 베풀어 오심에도
늘 미안해하십니다

정갈한 자태에선 온기
은은히 풍깁니다

높은 학문에도
책을 늘 가까이 하시고
연구에 몰두하십니다

겸허함과 검소함을
마음으로 배웁니다.
몸은 멀리 마음은 가까이가
가장 좋은 교훈이라 말씀하십니다

오랫동안 못 뵈어도
맑은 얼굴과 우아한 자태가
선명하게 떠오릅니다

나의 집

나의 사랑하는 집은
좋은 예배의 공간
믿음의 기본 공동체

반석에서 신앙심이 자라
아름다운 기도의 꽃
수 없이 피어난다

어떤 고난이 밀려와도
행복 열매 맺는
견고한 축복의 둥지

나의 소중한 집은
가장 좋은 안식처
그분께서 늘 함께 계신
작은 기도의 집

나의 벗이여

긴 시간 신선한 바람 없는
자그마한 공간에서
슬픈 영혼 위로해 온
나의 벗이여

이제 새장을 떠나
고운 날개 저어
너의 고향으로 돌아가
아늑한 둥지를 틀고

황금빛 햇살
꽃내음, 풀내음 속에서
산열매 따먹으며
계곡 반주에 맞추어
영원하신 그분을 찬미하렴

나는 오늘도 먼 산 바라보며
아름다운 대자연에서
네가 행복하기를 기도한다

3부

화목나무

초대장

음악회 초대장을 찾으려고
기억을 더듬어 본다
보관한 곳 생각 안 나
조용히 기도한다

초대장은 은밀한 곳에
잘 보관되어 있었다

지상에 내 보물들
초대장처럼 보관되어 있으나
눈이 어두워 찾지 못한다

천국의 초대장도
다락에 깊숙이 간직하고
까마득하게 잊고 산다

축복의 서막

그분 만나고 돌아오는 길
정성껏 섬겼는지
가만히 나를 되돌아본다

나의 작은 사랑 나눔
사랑나무 키워
꽃 피고 풍성한 열매 맺기를
간절히 소망한다

축복의 서막 올린 날
함박눈이 조금씩 내리기 시작한다

그분 만나고 돌아오는 길
하늘 은혜가 가득하다

화목나무

삶의 무게 힘겨워도
가족과 화목할 때는
지상 천국에 머문다

성가신 염려와 슬픔
머얼리 떠나보내고
행복 열차를 탄다

순간에서 영원까지
그분, 가족, 이웃,
건강, 재물들에게
화목을 주문한다

작지만 아름다운 감동은
화목나무 숲에서
옹달샘 잔물결처럼 퍼진다

해바라기 인생

오직 한 마음으로
한달음에 달려가는
순종의 마라톤 선수

지루함도 없이
애태움도 없이
늘 그 길 위에서
그저 바라만 봐도
즐거운 인생

하늘 바라보며
끝까지 기다리는
해맑은 인생

감사 지수

세상을 멀리하고
그동안 감사한 일들을
틈내어 반추해본다

감사 지수 높아지며
마음의 평화 되찾고
삶이 더욱 풍요로워진다

마음의 꽃 피우고
작은 나눔 실천하는
사랑의 바다를 만난다

높은 감사 지수
기적의 인생을 장식한다

하늘 행복지수

불평불만 생기고
마음마저 울적해질 때
묵상에 잠긴다

축복 받은 것 너무 많다
다 누리지도 못한다

잊지 말자 하면서도
까맣게 잊을 때 많아
숨어버리는 행복

지금이 가장 좋은 때
감사할수록 높아지는
하늘 행복지수

화이트 크리스마스

함박눈이 소복소복 내리니
수천 송이 눈꽃 피어나는
화이트 크리스마스 아침

세상은
천사들의 찬송가 울려퍼지는
아름다운 설국이 되었다

흰 눈 맞으며
그분 탄생 경배하러 가는
행복한 화이트 크리스마스

거룩한 휴가

이번 휴가엔
산과 바다 멀리하고
그분의 말씀 바다에
흠뻑 빠진다

허기진 영혼에
영의 양식을 가득 채운다

그 어떤 휴가보다도
행복하고 풍요롭고
은혜가 충만하다

하늘 양식은 물론
세상 모든 재산이
다 내 것이 되는 시간

그분만이

그분만이 나의 친구
모두 나를 이해 못하여
다 떠나가도
늘 나와 함께 하시네

어두움이 밀려오고
외로움이 엄습하여
마음마저 아려오고
나의 심장이 찢어질 때

영원하신 그분만이
넓으신 가슴으로
나를 안아주시네
하늘 사랑이 찾아오셨네

용서의 숲

아무리 노력해도
주고받는 상처들
때론 독이 되고
때론 약이 된다

사랑하기보다
미워하기보다
용서하기 더 어렵지만
미움의 싹 자라기 전에
용기를 내야 한다

나도 그분께 많은 잘못을
용서 받아야 하는 사람
진정으로 용서하면
은혜의 창문 열려
자유를 얻고 평안이 깃든다

서로 용서할 때
용서의 숲 무성해지고
사랑의 열매 맺는다

고난의 꽃

고난의 꼭짓점엔
반드시 피어나는 축복의 꽃

고난 중에 머무를 때
마치 지옥처럼 느낀 것은
혼자라고 혼동해서일 뿐

끝이 안 보이는
마음의 고통은
스스로 끌어들인 것이다

*임마누엘인데
*에벤에셀인데
*여호와 이레인데
아무리 큰 고통도
그분께 의지하면 평안이 깃든다

결코 길지 않은
고난의 끝은
아름다운 면류관이 기다린다

* 임마누엘 : '하나님이 우리와 함께 계신다.' 의 뜻.
* 에벤에셀 : '여호와께서 우리를 여기까지 도우셨다.' 의 뜻.
* 여호와 이레 : '여호와께서 준비하신다.' 의 뜻.

신품 인생

명품을 열망하는 세상
명품 가방 못 메어도
가장 품위 있는 사람이 있다

명품 구두 못 신어도
가장 아름다운 발을 가진 사람이 있다

명품 저택에 못 살아도
그분 곁에 계시니
늘 행복이 넘치는 사람이 있다

거친 손끝으로
나눌 수 있는 달란트 있어
따뜻한 인생 사는 사람이 있다

별이 빛나는 가슴에
그분을 모시고 사는
신품 인생길에 축복이 있다

행복꽃

베풀 것이 없는 사람
세상에 어디 있는가

무릎으로 베풀고
손으로 베풀고
마음으로 베풀고
물질로 베풀자

상대방을 헤아려 베풀면
백배 더하여 돌아온다

여러 개 있으면 나누고
부족한 것 구하라
그분께서 필요한 것
풍족히 채워주신다

항상 만족하다고 느낄 때
욕망의 늪에서 빠져 나온다
자족한 가운데
행복꽃은 피어난다

사랑의 정원

달빛이 내리는
척박한 텃밭에
기다림의 씨앗을 뿌린다

오늘도
슬픔과 고독의 뜨락에
외로움이 찾아든다

일상의 기도
산줄기 내려와
굽이치는 강물에서
가벼워지는 가정의 굴레

그늘지고 얼룩진 나날들
다듬이질해 가면
사랑의 정원에
사계화는 피어난다

고백

사랑하는 사람에게
다정한 눈빛으로
따스한 손길로
부지런한 발로
사랑을 고백하십시오

인스턴트 사랑
이기적인 사랑
바람같은 사랑
비누거품같은 사랑을
고백하지 마십시오

그분이 당신에게
영원한 사랑을 약속하신 것처럼
사랑을 고백하십시오

사랑은 파도처럼

사랑은 파도처럼
잠깐 마음을 적시고
모습을 감추는 것인가

사랑은 낙조처럼
아름다운 그림을 그리다가
스러지는 것인가

우리네 인생은
보잘 것 없는
나그네로 살다간다

그분의 자녀는
사라지지 않는 사랑의 빛
영원한 생명의 빛 남긴다

혼자 있어 보라

혼자 있어 보라
자신이 보인다
사랑의 싹에
물을 주는 시간이다

혼자 있어 보라
온 세상이 사라진다
하늘 행복이 밀려온다

혼자 있어 보라
푸른 초원이 보인다
마음에 평온이 깃든다

4부
한산도 충무사

정동진 해돋이

연비취색 바다
어둠을 사르고
금빛 빗살로 퍼지는
다홍빛 구름 속
떠오르는 태양

해맞이 함성
물결 타고
하늘로 오르고

찬란한 황금빛
바다, 갈매기, 배.....
나도 황금 기둥으로 선다

*도산 공원

단아한 도산 공원에
새해를 여는 찬바람도
숨죽이며 지나간다

한복을 차려입은 후손들이
명절에 찾아와 경배한다
임의 동상을 맴도는 비둘기들도
은은한 감동을 준다

시민들은
순간순간마다
임의 애국애족 정신에
감명 받는다

무실역행務實力行 구국의 깃발이
이 땅에 펄펄 드날릴 날을
손꼽아 기다린다

* 도산공원 : 도산 안창호 선생을 기리는 시립 공원이다 (서울시 강남구
신사동 649-9번지에 있음).

새해 눈길을 걸으며

서설이 내린다
밤사이 내린 눈길에
내 발자국 새겨진다

발자국이 지워진다
내가 만드는 발자국
새 길을 만든다

한없이 눈이 내려 쌓인다
내 발자국 지워지고
새 발자국 생긴다

눈길에 나의 발자국
지워지고 생기고 거듭한다
나의 인생길
빛이 되길 희망한다

한산도 충무사

청정 남해 한산도
성웅 이순신 충혼
충무사에 서려 있다

비취색 갑옷에
건장한 해송들
묵묵히 지키고 있다

관록의 느티나무
바닷가 새들은
청아한 소곡으로
우리들을 반긴다

충무사 단아한 뜨락에
*금목서 진한 꽃향기
임의 발자취 찬미한다

* 금목서 : 늘푸른 넓은잎 떨기나무로 목서의 변종으로 꽃향기가
만리를 간다하여 만리향이라고 부른다. 옛날에는 사랑채
앞에 심었고, 선비의 꽃으로 불렀다.

잠실 한강공원에서

한강은 겨울을 지나
새봄을 맞아
사랑의 꿈 신고
유유히 바다로 흐른다

갈매기 떼들이 노니는 오후
수상 스키와 수상 보트들이
물결을 가르며 달린다

시민들의 숨결이 살아 숨쉬고
봄꽃들이 반기는 한강공원
사람 사는 냄새가 물씬하다

아끼고 사랑해야 할
우리 민족의 한강
너른 바다로
힘차게 흐르고 흘러서
큰 꿈을 이루어라

봄날 아침

창 밖에 자목련꽃
함초롬히 이슬 머금고
맑은 눈 반짝인다

아파트단지
은행나무 높은 가지에
까치 한 쌍 둥지를 짓는다

탄천을 건너오는
*불곡산의 꽃바람
희망의 싹을 키운다

봄 뜨락에
돌아온 겨울 나그네
꽃씨를 심는다

* 불곡산 : 경기도 성남시 분당구와 경기도 광주시 오포면의 경계를
이루는 산 (높이 335m).

양재천의 사계

연둣빛 봄
언제 왔나 싶었는데
유유히 흐르는 양재천에
벚꽃 축제가 무르익는다

신록의 향연이 펼쳐지는 여름
들꽃들이 지천으로 피고
정겹게 노니는
백로와 청둥오리들
징검다리 위에서
동심에 젖는다

단풍 고운 가을
국화 향내 그윽하고
코스모스 바람에 춤추면
마음이 넉넉해지는
고향같은 포근한 공간

설경이 아름다운 겨울
아이들이 흥겹게 썰매 타고
양재천 얇은 얼음 아래로
봄이 오는 소리 들린다

봄나들이

따사로운 봄 햇살에
만물이 다투어
소생하는 날

솔솔 부는 꽃바람
푸른 하늘에 하얀 꽃구름
뜰 앞에 개나리
설레는 마음

올망졸망 푸른 새싹의 꿈
움트는 한가한 오후
핑크빛 사랑의 봄나들이

복숭아꽃 피면

정원에 복숭아나무
아침마다 스트레칭을 하더니
화창한 봄날
연분홍꽃 잔치를 벌였다

새들은
낭랑한 축가를 부르고
벌과 나비들은 춤추며
감흥을 돋운다

서재를 가득 채우는
복숭아꽃 향내음
시흥에 젖는 시간
화사한 봄이 절로 익어간다

*선정릉의 봄꽃

도심 숲 속에
햇살이 흩어지면
봄꽃들이 향기롭다

매화, 산수유, 목련, 살구꽃,
민들레, 제비꽃, 냉이꽃.....
봄꽃 잔치 한창이다

세상사 잠시 잊고
봄꽃 숲을 걸으며
꽃향기에 흠뻑 젖는다.

* 선정릉 : 서울시 강남구 삼성동에 있으며, 세계문화유산에 등재됨.

분꽃 향기

아침 문 살며시 여는
분꽃 향내음

별빛으로 향수를 빚던
새초롬한 분꽃
긴 낮잠에 든다

노을빛 저녁이면
부스스 일어나
단장을 하고
바삐 향수를 빚는다

초록 오선지에
까아만 점들
미지의 꿈 작곡한다

봄비 · 1

봄비 내리면
수런거리는 소리
희망에 부푸는
연둣빛 새싹들

대지에 가득한
풀내음 흙내음
눈 뜨는 영혼

사랑과 그리움의 계절
새들은 꽃비 맞으며
북녘 하늘로 사라진다

봄비 · 2

봄꿈 자라는 아침
초록 향기
봄비 내린다

지상에 모든 세속의 때
아낌없이 씻어내려고
삶의 뜨락을 찾아왔다

고요 속에 평안 깃들고
꽃빛 사랑이 자란다

봄비 소리 보슬보슬
절로 흥거운 왈츠
자연의 축복이 가득한 날

가을 아침에

단풍나무들의 노래
희미한 안개 사이로
고층 빌딩 잠을 깬다

까치들의 통성 기도와
청량한 미풍
사랑을 부른다

다시 풍성한 아침
황금빛 감이 익어가고
모과향이 흩어진다

이제나 저제나
애틋한 그리움은
깊은 산 계곡물로 흐른다

가을 편지

아침 이슬 머금은
은행나무 길 지나
실개천 다리에서
청람색 하늘을 바라본다

우체국 뜨락
포플러나무 아래
밤사이 낙엽이 쌓였다.

저 멀리 무르익은 가을
황금빛 햇살이
감나무에서 빛난다

사랑을 띄우고 돌아오는 길
묵도의 시간이 흐른다

*테헤란로를 걸으며

가을 이른 아침
대리석으로 펼쳐진
테헤란로를 걷는다

복잡했던 거리
한산하고 고요하다

태극기들이 휘날리고
플라타너스와 은행잎
노랗게 물들기 시작한다

푸른 하늘 찌르는
고층 빌딩 숲 사이로
상쾌한 바람 스치운다

다시 이 가을에
도심 속에서
나는 더욱 겸손해진다

* 테헤란로 : 1977년 서울특별시와 이란의 수도 테헤란시가 자매 결연을
            맺은 기념으로 붙여짐. 서울시 역삼동 강남역 사거리에서
            삼성동 삼성교를 잇는 왕복 10차선 도로.

늦가을은

청량한 가을 바람에
빛바랜 낙엽이
길 위에 흐느적거린다

죽음 앞에서
마지막 호흡을 가다듬는
노장의 모습 같다

석양에 나무들이
금빛으로 물들면
나도 황금 옷을 입는다

서녘에 모습 감추는
고운 햇무리
아쉬움이 밀려온다

못다 이룬 꿈은
내일 다시 펼 수 있으리

도시 공원의 아침

소음도 수위를 낮춘
도시 공원의 이른 아침
인파로 채색된다

고요했던 공원
활기를 되찾고
노오란 안개도 사라진다

역동적인 단막극
뜨겁게 펼쳐지면
새들도 숨을 죽인다

동풍이 일어서면
황금빛 나뭇잎에
아침 이슬 구른다

푸른 바다는

푸른 바다는
위안의 여인
일상을 탈출하여 달려가면
언제나 위로해준다

푸른 바다는
고향 친구
마음이 메마를 때 찾아가면
언제든지 반겨준다

푸른 바다는
천의 얼굴을 가진 여인
사계절 너른 가슴으로
사랑을 가르쳐준다

푸른 바다는
이해심 많은 여인
나의 어떤 모습이든
너그러이 포용해준다

5부
설악산 비선대

*대모산, 구룡산의 봄

봄비 내린 아침
대모산 능선을 탄다

은은한 아카시아꽃 향내음
휘파람새, 까치, 뻐꾸기, 꿩과
이름 모를 산새들
울려 퍼지는 봄의 소곡

은빛 구슬을 빚는
푸른 나뭇잎들
다람쥐들이 길을 가르는
깔딱고개 넘어
정상에 오른다

구불구불 능선을 타고
구룡산 정상에 올라
우리 동네 내려다본다
고층 건물과 자동차들이
동화나라 작은 도시 같다

한강이 유유히 흐르고
남산, 청계산, 우면산, 관악산,
북한산, 도봉산, 아차산과
저 멀리 겹겹이 높은 산들
가슴이 벅차오른다

* 대모산 : 서울 강남구와 서초구에 걸쳐 있는 산 (높이 293m).
* 구룡산 : 서울 서초구 염곡동, 강남구 포이동, 개포동에 걸쳐 있는 산
　　　　　(높이 306m).

북한산 진달래 능선

북한산 진달래 능선
꽃 잔치가 한창이다

산들바람 불어오면
진한 진달래꽃 향기에
흠뻑 젖는다

벌, 나비, 바람 벗 삼아
꽃봄에 젖는 시간
푸른 하늘 하얀 구름에
사랑 편지 띄운다

*매봉산의 아침

오늘도 이른 아침
매봉산을 오른다

아카시아 꽃나무에서
산새들은 쉼 없이 합창한다
도심이 완전히 가려진
숲 속에서 발길 멈춘다

푸른 하늘 아래
은빛 나뭇잎들
수없이 반짝인다

장끼의 울음과
뻐꾸기의 독창이
귓가에 맴돈다

* 매봉산 : 서울시 강남구 도곡동에 있는 산 (높이 95m).

북한산의 황혼

산들바람
땀방울 실어간다
연분홍빛 북한산
진달래꽃 향내음
발목을 잡는다

산중턱에 앉아
약수 마시니
감사가 넘친다

봄이 익는 북한산
무릉도원 부럽지 않다

황혼이 찾아들자
잠시 시간이 멈췄다
사랑을 짊어지고
이제 집으로 가자
어서 달려 가자

*불곡산을 오르며

계곡 노래 들으며
불곡산을 오른다
산자락에 나무들도 동행한다
봄비에 나무들도 잠을 깬다

상큼한 봄 내음
나는 어느새 정상에 서 있고
등산객들은 이야기꽃을 피운다

그리운 고향의 봄
남쪽 하늘을 바라본다.

서랍을 정리하듯
지난 시간들을 꺼내본다
오늘따라 산꽃 향기 그윽하다

* 불곡산 : 경기도 성남시 분당구 정자동과 경기도 오포읍의 경계에
있는 산 (높이 344m).

산중 독서

- 구룡산에서

화창한 봄날
구룡산에 올라
전나무 숲에서 책을 읽는다

숲과 대화할 때
벌, 나비들 날아들고
다람쥐들도 놀러온다

나무 그림자와 벗하며
나누는 차 한 잔
지나가는 등산객들과
미소 나눈다

이런 기쁨이 어디 있으랴
산중 독서는
복중의 복이다

설악산 비선대

설악산을 오른다
절경인 비선대에서
걸음을 멈춘다

수정 빛 계곡물에
두 손 담그고
정상을 바라본다

비취색 소나무
햇살 담고 웃을 때
황홀하고 감미로움에
평안이 찾아든다

아름다운 단풍만큼
나의 사랑 빛
먼 훗날까지 아름답길 바라며
하늘을 우러른다

*월출산에서

구불구불 좁은 대나무길
아스라한 긴 구름다리
월출산 오르는 길

변화무쌍한 인생처럼
오르락내리락
교차하는 훈풍과 한풍

골산의 상고대
위태로운 지구의 모습처럼
강풍에 흔들린다

도갑사 계곡
묵묵히 흐르고
동백꽃 수줍게 웃고 있다

* 월출산 : 전라남도 영암군과 강진군 경계에 있는 산 (높이 809m).

북한산의 가을

북한산 단풍 출렁이고
태양의 웃음꽃 피면
고요히 강이 흐른다

모자이크 융단 길에
바람의 풍년가 들리는
가을의 향연

가을을 장식하고 있는
고운 단풍나무들

갈색 시간이
무르익어 가니
어느덧 날이 저문다

태백산 천제단

두껍게 흰 눈 쌓인
태백산을 오른다
푹푹 빠지며 걷는 길

산중턱에 이르니
늙고 큰 주목들이
눈길을 끈다

어느 덧
천제단에 이르러
침묵을 지키며
경의를 표한다

하산 후에 펼쳐지는
태백산 눈꽃 축제
경쾌한 음악이
즐거움을 한층 더 북돋운다

*남한산성의 겨울

탐스런 눈꽃송이 날린다
수어장대에서
서성이는 등산객들
역사를 반추한다

가슴을 치는
한 많은 역사 앞에
난 망연히 서 있다

눈길을 걸어
하산하는 눈길이
왜 이리 가쁜한가

푸른 역사의 강에
한줄기 힘찬 물로 흘러
너른 바다
넓은 세상
보게 될 날을 기다린다

* 남한산성 : 경기도 광주시 남한산성면에 있는 남한산을 중심으로
하는 산성으로 세계문화유산에 등재됨

겨울 산행

함박눈이 내린다
겨울나무에 피는
탐스러운 수많은 눈꽃

작은 산들은 스스로를 지우고
큰 산은 나지막이 속삭인다

골짜기는 메워지고
마른 나무와 서걱대던 풀잎도
한 폭의 동양화 속으로 숨는다

하늘이 열린다
나는 작아질 만큼 작아지고
가벼울 만큼 가벼워진다

*도봉산 하산길

산이 어둑어둑해지고
검은 구름
발길을 재촉한다
비탈진 등산로
조심조심 내려온다

머얼리 저녁 도시
요란한 불빛으로 치장하고
거드름을 피운다

천천히 내려오면서
이웃들을 위해 기도하는 시간

몸은 무겁지만
평안과 감사가 밀려온다
아름다운 인생꽃 피우기를
다짐하고 다짐하며 내려오는 길

* 도봉산 : 서울시 도봉구와 경기도 양주 경계에 있는 산
(높이 740.2m).

청산에 간다

하늘이 그리워지는 날
색 바랜 배낭을 메고
청산에 간다

푸르름으로 물들고
청정심 배우며
그분의 말씀 음미한다

하찮은 인연 털어내고
인생 좌표 찾아
삶의 무게 줄인다

돌아온 광야의 나그네
청산을 그리워하며
청정한 삶 노래하리

평설

기독신앙의 사랑찾기와 긍정적 인생론

손해일

(시인, 문학박사, 국제PEN한국본부 명예이사장)

1. 머리말

언어예술의 꽃인 문학은 우리 영혼의 일용할 양식이다. 그중에서도 응축과 비유와 상징을 본령으로 하는 시가 핵심이다.

박연시인의 첫시집 『인생꽃 피는 뜨락에』 발간을 진심으로 축하드린다. 박연시인(이하 박시인)은 2013년 《크리스천문학》으로 등단 후 크리스천문협, 강남문협, 광화문사랑방시낭송회, 한국문인협회회원 등으로 열심히 활동해 왔는데, 그 결실로 이번에 첫 시집을 내게된 것이다. 이 시집은 전체 85편을 제1부 꽃들의 합창(20편), 제2부 그리움의 강(15편), 제3부 화목나무(17편), 제4부 한산도 충무사(19편), 제5부 설악산 비선대(14편) 등 5부로 나누고 있다.

박시인의 작품세계 특징을 필자 나름대로 규정하면 "기독신앙의 사랑찾기와 긍정적 인생론"으로 요약된다. 각기 시의 제재는 다르지만 작품전체를 관류하는 바탕은 기독교신앙이다. 독실한 크리스천인 박시인은 그중에서도 '그분'으로 은유된 주님, 하나님, 주예수 그리스도에 대한 진심어린 찬미와 깊은 신앙을 시화하고 있다. 특히 '믿음, 소망, 사랑' 이라는 기독교 핵심 교리 중에서도 '사랑찾기'가 주류를 이룬다. 작품마다 넘치는 주제와 시어가 '사랑'이다.

두번째는 박시인의 일상과 여행, 산행 등에서 느끼는 긍정적 인생관과 잔잔한 행복론을 시화한 것들이다. 박시인의 작품에 나타난 마음 다스리기 시편들은 명경지수같은 인생론 교과서이다. 기독신앙을 바탕으로 한 '행복하게 바르게살기' 전령사처럼 보인다.

세번째는 박시인이 호연지기로 즐기는 산행 시편들이다. 특히 산행시편에서 제목자체에 10여개의 산이름이 등장한다.

이같은 세 가지 범주의 작품들은 평범 속에 비범이라고나 할까. 난해한 싯구나 미사여구보다 대부분 일상적 시어들이어서 쉽게 읽힌다. 이 평설은 작품의 행간과 여백에서 박시인의 마음과 인생관을 밝히는 작업이다.

2. 기독교신앙과 '그분'의 사랑찾기

사도 바울의 저작이라는 성경 고린도전서 13장은 잘 알려진 사랑의 경전이다. 특히 4절~7절 "(4)사랑은 오래참고 사랑은 온유하며, 투기하는 자가되지 아니하며, 사랑은 자랑하지 아니하며, 교만하지 아니하며, (5)무례히 행치 아니하며, 자기의 유익을 구치 아니하며, 성내지 아니하며, 악한 것을 생각지 아니하며, (6) 불의를 기뻐하지 아니하며, 진리와 함께 기뻐하고, (7)모든 것을 참으며, 모든 것을 믿으며, 모든 것을 바라며, 모든 것을 견디느니라."를 비롯해 "(13)그런즉 믿음, 소망, 사랑, 이 세 가지는 항상 있을 것인데, 그 중에 제일은 사랑이라" 가 핵심이다.

독실한 기독교 신자인 박시인은 이런 성경 말씀대로 '사랑의 신봉자요 실천자'인 듯하다. 박시인의 작품 본문 중에 '사랑'이라는 시어는 부지기수로 쓰이며, 제목에 '사랑'을 직접적으로 언급한 작품만도 「나의 사랑은」 「사랑의 길」 「사랑의 향기」 「사랑이시여」 「사랑하는 사람은」 「사랑은 파도처럼」 「사랑의 정원」 등이 있기 때문이다.

일반적으로 사랑은 (1)에로스: 남녀간의 성적 사랑 (2)스트로게: 가족, 친인척간의 사랑 (3)필리아: 친구간의 우정 (4)아가페: 하나님의 사랑, 희생적 사랑으로 나눌 수 있다. 이 시집에서 박시인이 추구하는 사랑은 아마도 아가폐적인 사랑이 아닐까 한다. 사랑의 근원은 하나님인데 박시인의 작품 곳곳에서 '그분'으로 암시되고 있다.

> 그분만이 나의 친구/ 모두 나를 이해 못하여/
> 다 떠나가도/ 늘 나와 함께 하시네//
> 어두움이 밀려오고/ 외로움이 엄습하여/
> 마음마저 아려오고/ 나의 심장이 찢어질 때//
> 영원하신 그분만이/ 넓으신 가슴으로/ 나를 안아주시네/
> 하늘 사랑이 찾아오셨네//

- 「그분만이」 전문

아마도 그분은 하나님, 주님, 여호와, 주 예수그리스도일 것이다. 그분은 '나의 친구'요, 내가 외롭고 어둡고 심장이 찢어질 때에도 "영원하신 그분만이 넓으신 가슴으로 나를 안아 주시네" "하늘사랑이 찾아 오셨네"라고 견고한 믿음의 신앙고백을 한다. 박시인의 이러한 신앙심은 독실한 기독교 집안 분위기에서 자연스레 우러나온 것으로 본다.

> 나의 사랑하는 집은/ 좋은 예배의 공간/ 믿음의 기본 공동체//
> 반석에서 신앙심이 자라/ 아름다운 기도의 꽃/ 수없이 피어난다//
> 어떤 고난이 밀려와도/ 행복 열매 맺는/ 견고한 축복의 둥지//
> 나의 소중한 집은/ 가장 좋은 안식처/
> 그분께서 늘 함께 계신/ 작은 기도의 집//

- 「나의 집」 전문

나의 사랑하는 집은 '예배의 공간' '믿음의 공동체' '견고한 축복의 둥지' '가장 좋은 안식처'이며, "그분께서 늘 함께 계신/ 작은 기도의 집"이다.

고난의 꼭짓점엔/ 반드시 피어나는 축복의 꽃//

고난 중에 머무를 때/ 마치 지옥처럼 느낀 것은/

혼자라고 혼동해서일 뿐//

끝이 안 보이는/ 마음의 고통은/ 스스로 끌어들인 것이다//

*임마누엘인데/ *에벤에셀인데/ *여호와 이레인데/

아무리 큰 고통도/ 그분께 의지하면 평안이 깃든다//

결코 길지 않은/ 고난의 끝은/

아름다운 면류관이 기다린다//

- 「고난의 꽃」

고난의 꼭짓점엔 반드시 축복의 꽃이 핀다. 아무리 큰 고통도 하나님이 우리와 함께 임재하시는 '임마누엘'로, 여호와께서 우리를 도우시는 '에벤에셀'로, 여호와께서 준비하시는 '여호와이레'이다. "그분께 의지하면 평안이 깃들고 고난의 끝엔 면류관이 기다린다"고 한다. 여기서 박시인이 신앙으로 의지하는 '그분'의 실체가 드러난다.

얼굴, 생각, 마음은 달라도/ 사랑 안에/ 세계인은 하나//

위대한 그분 앞에/ 우리 모두 하나 될 때/ 위대한 음악이 탄생한다//

그분 앞에서/ 나를 버리고/ 그분을 위해/ 마음을 비워야 한다//

세계인은 모든 벽 넘어/ 뜨겁게 사랑해야하는/

그분의 형제와 자매//

- 「세계인」 전문

박시인이 생각하는 사랑의 음폭은 세계인이 하나 되는 아가페적 사해동포주의로까지 확장된다. 세계인은 사랑 안에 그분 앞에서 모든 벽을 뛰어넘어 모두 하나가 되며, 그분의 형제와 자매가 된다는 것이다. 다음 작품에서 박시인이 생각하는 '사랑'의 다채로운 모습이 펼쳐진다. '사랑'이라는 시어가 무수히 반복되는데, 신앙고백을 겸하는 일종의 사랑론들이다.

> 인생 뜨락에/ 혼자라는 말은 없다/
> 사랑의 그림을 함께/ 그리면서 살아가는 것//
> 가슴 속에 묻어 둔/ 사랑을 잊어버리고/
> 어리석게도 끊임없이/ 사랑을 찾아 나서지만//
> 사랑은 사랑을 위해서 존재할 뿐/ 사랑의 집을 떠나지 않는다/
> 행복은 행복을 위해 존재할 뿐/ 행복의 집을 떠나지 않는다//

- 「그리움 속에 외로움이」 일부

인생은 혼자가 아니며, 저마다 사랑을 함께 그리며 살아간다. 그러나 가슴 속에 묻어둔 사랑을 잊어버리고 끊임없이 사랑을 찾아 나서지만, 사랑은 사랑의 집을 떠나지 않는다.

> 나의 작은 사랑 나눔/ 사랑나무 키워/
> 꽃 피고 풍성한 열매 맺기를/ 간절히 소망한다//
> 축복의 서막 올린 날/ 함박눈이 조금씩 내리기 시작한다//
> 그분 만나고 돌아오는 길/ 하늘 은혜가 가득하다//

- 「축복의 서막」 전문

사랑의 원천인 그분을 만나고 돌아오는 길은 축복의 서막이 열려 함박눈도 내리고 하늘 은혜가 가득하다. 그런가 하면 마치 청마 유치환 선생의 "사랑하였으므로 행복하였네라"를 방불케 하는 '사랑론'이 여러 작품에서 나타난다.

> 사랑하는 사람은/ 참으로 행복합니다/.../

사랑할 수 있는 사람은/ 마음이 늘 평화롭습니다/...
사랑하고 있는 사람은/ 내일을 준비하기에 바쁩니다/...
사랑하는 기쁨이/ 사랑받는 기쁨보다/ 더 빛나며/
타인을 사랑하는 것은/ 자신을 사랑하는 것입니다//
서로 사랑하는 것보다/ 더 아름다운 것은/
이 우주에 존재하지 않습니다/
사랑하는 일은/ 가장 큰 행운입니다//...

- 「사랑하는 사람은」 일부

　사랑하는 사람은 행복하며, 사랑할 수 있는 사람은 평화로우며, 사랑하는 기쁨이 사랑받는 것보다 더 빛나며, 서로 사랑하는 것이 우주에서 가장 아름다우며 가장 큰 행운이라고 피력한다.

사랑은 내 가슴에/ 고요히 찾아든다//...
사랑은 살아있는 꽃향나무/ 우리 가운데 머물러/
영원히 향기 피워라//

- 「사랑의 길」 전문

　「사랑의 길」에서는 내 가슴에 고요히 찾아든 사랑은 꽃향나무라서 영원히 향기를 피우라 기원한다. 「고백」에서는 "그분이 당신에게 영원한 사랑을 약속하신 것처럼" 사랑하는 사람에게 진정한 사랑을 고백하라고 권면한다. 「사랑은 파도처럼」에서는 "사랑은 파도나 낙조처럼 모습을 감추고 사라지는가? 우리 인생은 보잘 것 없는 나그네"이지만, "그분의 자녀는/ 사라지지 않는 사랑의 빛/ 영원한 생명의 빛을 남긴다"고 한다. 아래 작품에서도 '사랑과 미움과 용서'라는 기독신앙이 반복되므로 설명 없이 본문만 소개한다.

그늘지고 얼룩진 나날들/ 다듬이질해 가면
사랑의 정원은/ 사계화를 피운다.

- 「사랑의 정원」 일부

사랑하기보다/ 미워하기보다/ 용서하기 더 어렵지만/
미움의 싹 자라기 전에/ 용기를 내야 한다//
서로 용서할 때/ 용서의 숲 무성해지고/ 사랑의 열매 맺는다//

- 「용서의 숲」 일부

사랑의 마음/ 늘 향유할 수 없어도/
순간순간만이라도/ 모든 것 비우고 싶네//

- 「마음 · 2」 일부

3. 인생의 의미천착과 긍정적 행복론

"인생은 무엇일까?" 라는 기본 명제는 인류의 영원한 숙제이다.
각자 실존적 자기인생이 있지만, 인생관과 철학과 사상과 이데올로기가
서로 다르기에 정답을 찾기 어렵다. 박시인이 이 시집에서 말하는 인생은
마치 도덕교과서처럼 원론적인 정통성을 지향한다.

내 인생은 무겁고/ 남의 인생은 가볍다고/ 가끔 느껴질 때가 있다//
그러나 누구의 인생인들/ 가벼울 수 있으랴/
어느 인생인들/ 쉬울 수 있을까//
철없는 아이도/ 고달픈 어른도/ 연약한 노인도/ 모두 버거운 인생이다//
서로 이해하고 사랑하며/ 서로 의지하면/ 무거운 짐이 / 훨씬 가벼워질 것이다//

- 「인생의 무게」전문

'인생의 의미찾기'는 천차만별이지만 박시인이 느끼는 인생은 위의 작품에 축약되어 있다. 흔히 자기 인생은 무겁고 남의 인생은 가볍다고 느끼는 게 인지상정이다. 누구의 인생인들 가볍거나 쉬울까? 아이, 어른, 노인 모두 버거운 인생이다. 그러나 서로 이해하고 사랑하고 의지하면 무거운 짐이 가벼울 것이라고 한다.

> 상처받는 일 있어도/ 마음에 담지 말자/.../
> 그 순간 심각해도/ 지나면 아무것도 아니다//
> 세상 일 순리대로 이해하자/ 지나면 싱겁고 부질없다/
> 매사 집착하는 것 어리석다//
> 소유한 것도 내 것은/ 아무 것도 없는 것이다/
> 버리고 버려야/ 마음의 부자가 된다//
>
> — 「마음·1」 전문

상처받거나 기쁜 일도 순간일 뿐 지나면 아무것도 아니니, 매사 집착하지 말고 이해하고 순리대로 살자고 한다. 버리고 버려야 마음의 부자가 된다고 한다.

> 삶의 무게 힘겨워도/ 가족과 화목할 때는/ 지상 천국에 머문다//
> 성가신 염려와 슬픔/ 머얼리 떠나보내고/ 행복 열차를 탄다//
> 순간에서 영원까지/ 그분, 가족, 이웃, / 건강, 재물들에게/ 화목을 주문한다//
>
> — 「화목나무」 일부

삶의 무게가 버겁고, 고통과 염려와 슬픔이 커도, 가족이 화목할 때는 지상천국이 된다. 특히 그분, 가족, 이웃, 건강, 재물이 화목함의 척도라도 생각한다. 그중에서도 박시인의 어머니에 대한 존경과 찬미가 이채롭다.

인생의 봄에/ 따스한 햇볕이요/ 한여름에 큰 나무 그늘이요//

가을에 기쁨나무요/ 한겨울에 온풍기 같으신 분//

큰 산에 우거진 숲 되어/ 고난 중에도/ 끝까지 함께 하시는 분//

인생의 가뭄에/ 푸른 강물이 되어 주시는/ 어머니의 큰 사랑//

평생 일에 파묻혀 사셔도/ 그분께 늘 의지하고/

작은 것에도 행복을 느끼시며/ 감사의 꽃을 피우신다//

－「어머니·2」 전문

어머니는 "인생의 봄에 따뜻한 햇빛, 한여름의 큰 나무 그늘, 가을에 기쁨 나무, 겨울에 온풍기 같은 분"이다. 고난 중에도 끝까지 함께 하고, 가뭄에 푸른 강물"이 되어 주신다. 어머니는 늘 그분께 의지하고, 감사하고, '소확 행'을 느끼시는 분이다.

베풀 것이 없는 사람/ 세상에 어디 있는가//

무릎으로 베풀고/ 손으로 베풀고/ 마음으로 베풀고/ 물질로 베풀자//

상대방을 헤아려 베풀면/ 백배 더하여 돌아온다//...

그분께서 필요한 것/ 풍족히 채워주신다//

－「행복꽃」 일부

위의 작품에서는 자신뿐 아니라 타인의 행복을 헤아려 베풀면 그분께서 백배 더하여 풍족하게 채워주신다.

이처럼 박시인의 주된 관심사는 일상생활과 자연에서 얻는 행복이다. 인 간은 누구나 행복하게 살 권리가 있다. 그러나 신분과 인종차별, 빈부격차, 전쟁과 자연재해 등 불가항력적인 외부요인 때문에 불행해지는 경우가 얼 마나 많은가. 그러나 대개는 인간의 끝없는 탐욕이나 타인과의 비교를 통한 상대적 박탈감 때문에 불행한 경우가 훨씬 많다고 본다.

불교의 "일체유심조一切唯心造"처럼 인간의 행, 불행과 세상사는 자신의 마음먹기에 달려 있다. 행복은 멀리 있기보다 우리의 사소한 일상과 가까운 곳에 널려 있다. 작지만 확실한 행복 이른바 '소확행'이다.

불평불만 생기고/ 마음마저 울적해질 때/ 묵상에 잠긴다//

축복 받은 것 너무 많다/ 다 누리지도 못한다/

잊지 말자 하면서도/ 까맣게 잊을 때 많아/ 숨어 버리는 행복//

지금이 가장 좋은 때/ 감사할수록 높아지는/ 하늘 행복지수//

- 「하늘 행복지수」 전문

'안분지족'으로 자신의 처지에 감사할수록 하늘 행복지수는 높아진다. 개인의 행복은 각자 마음먹기에 달린 주관적 문제이지만, 국가차원에서는 객관적인 통계치가 존재한다. 국민소득이 높고 강대국이라 하여 반드시 행복지수가 높은 것은 아니다.

유엔이 '세계행복의 날'을 맞아 세계갤럽조사에 의한 2023년도 세계행복지수 보고서를 발표했다. 행복지수 1위는 핀란드인데 6년째 연속이라고 한다. 2위 덴마크, 3위 아이슬란드, 4위 이스라엘, 5위 네델란드이다. 미국은 15위, 독일은 16위, 영국 19위, 프랑스 21위이다. 전쟁중인 러시아도 70위, 우크라이나도 92위이다.

세계 10위권의 무역대국이며 일인당 국민총소득(GNI)이 약3만3천 달러(2022년)인 한국의 행복지수는 세계 57위라는데, 자살률은 한국이 세계 1위라니 참으로 아이러니한 현실이다.

4. 일상과 산행의 자연친화적 서정

「지하철에서」「새해 눈길을 걸으며」「가을 아침에」「가을 편지」「봄나들이」「봄비·1」「분꽃 향기」 등은 박시인이 일상에서 느끼는 서정적 감흥을 담담하게 쓴 시들이다.

> 지하철은/ 달리는 독서실/ 안온함을 선사한다//...
> 참 삶이 영그는 시간/ 절망이 희망이 됨을/ 깨닫게 해주는/ 달리는 독서실//

- 「지하철에서」 일부

　우리의 일상 중 하나가 지하철 타기인데, 박시인은 지하철은 안온함을 선사하는 '달리는 독서실'이며, 절망이 희망되는, 참 삶이 영그는 시간"이라고 긍정적으로 생각한다.

> 봄날 아침/ 옷들을 세탁한다/ 세탁기 소음에/ 찻잔이 흔들린다//
> 덕지덕지 붙어 있던/ 오욕五慾의 때/ 거품 속에서 사그라진다//
> 건조대에 투명한 옷들/ 성스러운 아침 햇살에/ 자유의 문을 두드린다//

- 「세탁을 하며」 일부

　박시인은 봄날 아침 옷들을 세탁하며, 오욕의 때를 벗기고, 자유의 문을 두드린다. 이밖에 일상시편은 「도산공원에서」 「도시공원의 아침」 「봄나들이」 「새해 눈길을 걸으며」 「양재천의 사계」 「테헤란로를 걸으며」 등이 있다.
　여행과 산행은 여가선용과 호연지기의 즐거움이요, 인생의 의미를 되새기고 재충전하는 값진 기회이다. 박시인 역시 여행, 특히 산행을 즐기고 인생을 새롭게 가다듬는 기회로 삼는 듯하다. 「정동진 해돋이」 「한산도 충무사」 「태백산 천제단」 「남한산성」 등은 역사의 현장 여행시들이다.

> 청정 남해 한산도/ 성웅 이순신 충혼/ 충무사에 서려 있다//
> 비취색 갑옷에/ 건장한 해송들/ 묵묵히 지키고 있다//.../

충무사 단아한 뜨락에/ 금목서 진한 꽃향기/ 임의 발자취 찬미한다//

- 「한산도 충무사」 전문

성웅 이순신 장군의 임진왜란 3대 대첩지중의 하나인 한산도의 충무사를 찾아 느낀 소감이다. 해송들 묵묵히 지키고 바닷가 새들이 반기고, 진한 금목서꽃 향기가 임을 찬미한다.

두껍게 흰 눈 쌓인/ 태백산을 오른다/ 푹푹 빠지며 걷는 길//...
어느 듯/ 천제단에 이르러/ 침묵을 지키며/ 경의를 표한다//
즐거움을 한층 더 북돋운다//

- 「태백산 천제단」 일부

탐스런 눈꽃송이 날린다/ 수어장대에서/
서성이는 등산객들/ 역사를 반추한다//
가슴을 치는/ 한 많은 역사 앞에/ 난 망연히 서 있다//

- 「남한산성의 겨울」 일부

태백산 겨울산행에서 천제단 앞에서는 경의를 표하고. 남한산성에 올라가서는 "한 많은 역사 앞에 나는 망연히 서있다".

박시인은 산행을 매우 즐기는 듯 산시를 여러 편 남기고 있다. 가깝게는 서울 근교의 대모산, 구룡산, 불곡산, 매봉산. 북한산, 도봉산을 비롯해, 멀리는 설악산, 월출산, 태백산 등이다. 산행에 따른 산세와 주변 풍경과 느낌을 서정적으로 표현하고 있다. 공자 가라사대 "지자요수知者樂水 인자요산仁者樂山"이니, 슬기로운 사람은 물을 좋아하고, 어진 사람은 산을 좋아한다는 경지가 생각난다.

하늘이 그리워지는 날/ 색 바랜 배낭을 메고/ 청산에 간다//

푸르름으로 물들고/ 청정심 배우며/ 그분의 말씀 음미한다//

하찮은 인연 털어내고/ 인생 좌표 찾아/ 삶의 무게 줄인다//

돌아온 광야의 나그네/ 청산을 그리워하며/ 청정한 삶 노래하리//

- 「청산에 간다」 전문

함박눈이 내린다/ 겨울나무에 피는/ 탐스러운 수많은 눈꽃//

작은 산들은 스스로를 지우고/ 큰 산은 나지막이 속삭인다/...

하늘이 열린다/ 나는 작아질 만큼 작아지고/ 가벼울 만큼 가벼워진다//

- 「겨울산행」 일부

「청산에 간다」와 「겨울 산행」은 전체적으로 박시인이 산행을 하는 이유와 겨울산행의 즐거움을 피력한 작품이다. "푸르름으로 물들고/ 청정심 배우며/ 그분 말씀 음미한다" "하찮은 인연 털어내고 삶의 무게 줄인다" "하늘이 열리고, 나는 작아지고, 가벼워진다"

봄비 내린 아침/ 대모산 능선을 탄다//...

깔딱고개 넘어/ 정상에 오른다//

구불구불 능선을 타고/ 구룡산 정상에 올라/

우리 동네 내려다본다/.../ 한강이 유유히 흐르고/

남산, 청계산, 우면산, 관악산,/ 북한산, 도봉산, 아차산과/

저 멀리 겹겹이 높은 산들/ 가슴이 벅차오른다//

- 「대모산, 구룡산의 봄」 일부

봄비 내린 아침에 올라간 대모산(283m)과 구룡산(306m)은 서울의 강남구와 서초구에 걸쳐있는데 두산 정상에 올라 유유히 흐르는 한강과 눈앞에 펼쳐지는 건너편 서울근교의 산을 조망하고 '가슴이 벅차오른다'.

> 오늘도 이른 아침/ 매봉산을 오른다//
>
> 아카시아 꽃나무에서/ 산새들은 쉼 없이 합창한다/
>
> 도심이 완전히 가려진/ 숲 속에서 발길 멈춘다//

>   - 「매봉산의 아침」 일부

자주 오르는 산인 듯 '오늘도 이른 아침' 서울 강남구 도곡동의 매봉산 (95m)에 올라 숲속에서 발길을 멈춘다.

> 계곡 노래 들으며/ 불곡산을 오른다/
>
> 산자락에 나무들도 동행한다/ 봄비에 나무들도 잠을 깬다//

>   - 「불곡산을 오르며」 일부

경기도 성남시와 오포읍 경계의 불곡산(344m)을 봄비에 나무들과 동행하며 오르는 산행시이다. 이하 도봉산(740m), 북한산(836m), 월출산 (809m), 태백산(1,567m), 설악산(1,708m) 등 산행시는 산행의 즐거움과 감상을 표현한 작품들이다. 쉽게 읽히므로 긴 설명은 생략한다.

> 산이 어둑어둑해지고/ 검은 구름/ 발길을 재촉한다/
>
> 비탈진 등산로/ 조심조심 내려온다//

>   - 「도봉산 하산길」 일부

북한산 진달래 능선/ 꽃 잔치가 한창이다//

산들바람 불어오면/ 진한 진달래꽃 향기에/ 흠뻑 젖는다//

- 「북한산 진달래 능선」전문

설악산을 오른다/ 절경인 비선대에서/ 걸음을 멈춘다//

수정 빛 계곡물에/ 두 손 담그고/ 정상을 바라본다//

- 「설악산 비선대」 일부

월출산 오르는 길/ 변화무쌍한 인생처럼/ 오르락내리락/ 교차하는 훈풍과 한풍//

- 「월출산에서」 일부

5. 맺는 말

이상에서 박시인의 시집에 나타난 주요 특징들을 세 가지로 살펴보았다. 첫째, 기독신앙과 '그분'의 사랑찾기, 둘째, 인생의 의미천착과 긍정적 인생론, 셋째, 일상과 자연친화적 서정시이다.

글은 곧 사람이요, 시대를 비추는 거울이라 했다. 작품 곳곳에서 신앙심이 깊은 박시인이 화목한 가정에서 열심히 살며, 이웃과 사회에 봉사하고 작지만 확실한 행복을 추구하는 성향을 유추할 수 있었다. 전체적으로 깔끔하게 정리된 작품들이라 쉽게 읽힌다. 이 시집을 계기로 박시인의 문학세계가 일취월장하고 행복하기를 기원하며 글을 마친다.